KB039664

조용한 나의 인생

조용한 나의 인생

초판 1쇄 인쇄 2022년 6월 28일
초판 1쇄 발행 2022년 7월 5일

지은이 고원정
펴낸이 정해종
편 집 현종희
디자인 유혜현

펴낸곳 ㈜파람북
출판등록 2018년 4월 30일 제2018 – 000126호
주소 서울특별시 마포구 토정로 222 한국출판콘텐츠센터 303호
전자우편 info@parambook.co.kr **인스타그램** @param.book
페이스북 www.facebook.com/parambook/ **네이버 포스트** m.post.naver.com/parambook
대표전화 (편집) 02 – 2038 – 2633 (마케팅) 070 – 4353 – 0561

ISBN 979-11-92265-57-5   03810
책값은 뒤표지에 있습니다.

조용한 나의 인생

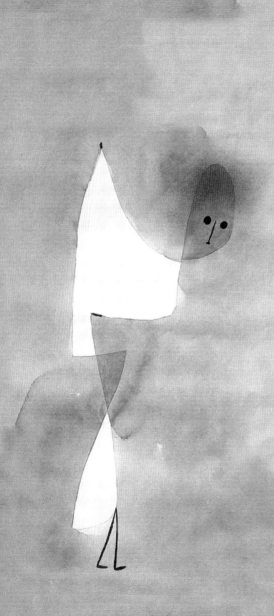

고원정 시집

파람북

다시 한 바퀴

걸으면서 얻은 시편들입니다.

그동안 외로움의 힘을, 눈물의 힘을 알게 되었습니다. 하나라고 해서 혼자는 아니라고 믿게도 되었습니다.

'혼자 외롭고 서럽다'는 모든 이들에게 이 작은 책을 전하고 싶습니다.

날마다 걷다 보니 이제 지구 한 바퀴가 멀지 않았습니다.

떠난 자리에 다다르면, 돌아서서 반대쪽으로 다시 걸어보겠습니다.

이 나이에도 나는 꿈을 꿉니다. 가고 또 가고, 쓰고 또 쓰다 보면… 조금은 더 나은 사람이 되고 조금은 덜 부끄러운 글을 빚어낼 수도 있으리라고. 어쩌면 키도 자라지 않을까.

허위허위 걸어가다가 우뚝 멈춰서서 무언가를 끄적거리고 있는 중늙은이를 혹시 보신다면, 그냥 모른 척 지나가 주십시오.

그거, 접니다.
아니면 저 비슷한 그 누구일 겁니다.

고원정

차례

3부 몇 줄짜리 인생

4부 그리움으로 살아간다

5부 어두워질 때까지-희망

1부

지구산책자의 나날

조용한 나의 인생

하루 또 하루
아침부터 저녁까지
날마다 그 길이라도
세상의 등 뒤로 난 길이라도
혼자라도
바람을 따라 걸으면
더 쓸쓸해 보일지도 모른다.

한 걸음 다시 한 걸음
가지를 비운 나무들의
어깨높이만큼만 고개를 들고
오늘은 어제보다 더 조용히
더 멀리
마치 돌아오지 않을 것처럼
바람이 불어오는 쪽으로 가야 한다.

지구산책자의 나날

오늘도 걷고 있습니다.

아파트 사이사잇길, 철길 따라 산책로, 개천길 논둑밭둑길 과수원길 산자락길, 꽃길 낙엽길 눈길, 임진강 건너 백학리에서 호로고루, 북한강길, 강화도길, 광탄에서 내처 걸어 마장호수, 절집 암자 마애석불, 쓸쓸한 능이나 묘, 오백 년 육백 년 나이 든 나무들… 고갯길 오솔길 에움길, 스러진 폐가 지나는 길, 반쯤 빈 마을 안으로 난 길, 이름표 단 길, 익명의 길, 무명의 길, 풀덤불에 묻혀버린 옛길, 아무도 가지 않은 길, 아직 보이지 않는 길, 어쩌면 있지도 않을 그 먼길….

하루하루 이어서 1년에
4천km, 1만리만 걷자고 했습니다
10년이면 4만km, 10만리
내 딴엔 지구 한 바퀴
낯선 길 낯설어서 가고
아는 길 알아서 또 갑니다

대개는 옛사람들 이름 부르며
속으로만 고개 숙이고 갑니다
애써 앞을 보고 갑니다.

산책처럼 여행처럼
먼 유배지라도 가듯 꾸역꾸역
10km, 20km 어떤 날은 30km
한 2만8천km는 왔나 봅니다
지구 위 어디쯤일까요?
검은 바다 위라도 좋겠습니다.

어제처럼 오늘, 오늘처럼 내일
가고 또 가다 보면
멀리 내 뒷모습
보이는 날도 있겠지요
내 손으로 가리키며
크게 한 번 웃어줄 겁니다.

'아직 거기 있구나
이 어리석은 놈….'

얼마 후엔 나란히 걸으면서
더 늦기 전에 말해야 합니다
미안하다고
너무 멀리 보내는 게 아니었다고.

혼자만 보내는 게 아니었다고.

저녁 한때의 짧은 여행

오늘도 낯선 역에 내리고 말았다.

(……)

(……)

크나 작으나
역광장을 건너갈 일은 없지 않나
참 멀리도 떠돌다가
지쳐 돌아온 길인 듯 서서
모르는 사람들의 거리를 바라본다.

입속으로만 옛날 노래를 몇 곡조
꼬박꼬박 2절까지 부르노라면
하나씩
하나씩 떠오르는 이름들이 있다.

저만치 한구석에
아직 공중전화가 남아있구나

거기까지만 걸어가서
수화기를 들어본다
온전히 내 탓인 긴 침묵을
견딜 만큼 견디고 나서
그냥 내려놓는다.

머언 누군가에게
무언가에게
그나마 기별은 보낸 셈이다
아직 잊지 않았다고
여기까지 와버렸다고.

(……)
(……)

저무는 길 저무는 집
떠오르는 불빛들은 다 서운하고
분명 남은 일이 있는 것 같아도

언제나
돌아서야 하는 시간이 온다.

열차를 하나만 더 그냥 보내고
다음은 놓치지 말아야 한다
저녁은 짧고 집은 늘 멀지만
괜찮다
오늘도 이만하면 되었다고
혼자 끄덕이면서

다시 정든 거리를 떠나야 한다.

빈 집 앞에서

이젠 지쳐서 주저앉은
저 집에 살았던 한 사람을
왠지 알 것만 같다.

이른 아침 아니면 늦은 오후
전철이나 광역버스를 타고
마을버스에서 내려
강아지풀 시드는 에움길을 따라
벗어버린 등딱지 같은 옛집을
꼭 찾아오지 않는 이유도
짐작은 할 것 같다.

(……)

(……)

괜찮다
바람 부는 날이면 이렇게
저마다 길을 잃은 사람들이

휘청거리며 하나씩 걸어와서
대신 서 있다 가곤 한다
돌아갈 기운이 날 때까지
서성거리다 가곤 한다.

저 집은 아직도 당신들의 집
오다가 돌아보면
키 작은 아이 하나
없어진 문을 열고 나온다.

길 위의 기적

늦가을 긴 고갯길 내려와
먼지 날리는 시골 편의점 앞
둥근 탁자에 막걸리 두 통 놓고
혼자 앉은 노인에게 길을 물으니
걸어가기엔 멀다고 한다
막걸리통 들어 보이며
좀 앉았다 가라 한다.

그냥 웃어주고 돌아섰는데
지친 걸음마다
쉰 목소리 흐린 눈빛이 따라왔다
발밑에 구르는 빈 통까지
본 것 같기도 했다.

(······)

(······)

찾아간 호수를 한 바퀴 돌며

한 번 더 돌며
예감할 수 있었다.

다시 만나겠지
다음 아니면
또 다음 생의 어느 가을날 오후
이 막막한 우주
막막한 지구별
막막한 길 어딘가에
나는 앉아있고
그는 지나가게 될지도 모른다
지친 모습으로 길을 물으면
취할 만큼 취해서 이쪽 노인은
대답하겠지.

걸어가기엔 멀다고
앉았다 가지 않겠느냐고.

비 오는 날은 북한강에 가야 한다

전날 밤부터 비가 오는 날이면
북한강에 가야 한다
이른 아침 전철을 타고
운길산역에서 내려야 한다

몇 방울 이마에 비를 맞은 뒤
사무치는 쪽으로 길을 잡으면
거기서부터 북한강이다.

그치지 않는 그리움이나
서러움처럼 비는 내리고
이 나이 되어 아는 것이라곤
한 발 한 발
걷는 일밖에 없는 듯이
그러기 위해 살아온 듯이
걸어가야 한다.

가도 가도

돌아서고 싶지 않으면

오늘 하루쯤은

돌아오지 않아도 된다

어제를 잊어도

내일을 몰라도 강물은 흘러간다.

안개강

안개숲

안개산에다 대고 나직하게

꼭 부르고픈 이름이 남아있으면

아직은 기다려야 한다

조금 더 가야 한다.

우산을 들고서도

젖을 만큼은 젖어야 한다.

겨울의 끝

조각조각 갈라진 얼음장들이
참 멀리도 걸어온
한쪽 강변에 모여 있었습니다
큰 것은 어릴 적 살았던 집
마당만큼씩 하고
작은 것들은 검은 외투 주머니 속
수첩 한 페이지만 같은데
날 선 모서리끼리는 서로서로
마주치지 않으려고 애쓰면서
겨울보다 힘이 센 봄 물살에
조금씩 조금씩 더
작아지고 있었습니다
어떤 것들은 벌써
그 어느 날처럼 물이 되어
흘러가고 있었습니다
저만치 먼저 가버린 것들을
찾아서 가고 있었습니다
무언가 적어보려다 말고

나도 그 자리에
오래는 서 있지 않았습니다.

꽃 피던 자리

온 세상이 속았던
큰 거짓말이 끝난 것처럼
봄꽃들 진 길을 걸어간다
봄이야 또 오고
꽃도 다시 피겠지만
그날 맺혀있던
꼭 그 자리
그 꽃 같지는 않을 것이다
당신과 나도
지난봄의 그 사람은 아닐 것이다.

세상의 다리 아래로

서울의 모든 다리를 건너보진 못했습니다
서울의 모든 다리 아래를 지나보기는 했습니다.

아닙니다 서울에
한강 다리만 있는 건 아닙니다
서울에만 다리가 있는 것도 아닙니다.

여기 이 다리
저기 저 다리 아래로
날마다 걸어보겠습니다.

세상의
모든 강물을 따라서 간다고 하면
모든 물을 찾아서 간다고 하면
얼마나 아득하겠습니까.

그저 하나씩 하나씩
다리 아래로 가고 싶습니다.

꽃의 가족

스러진 지 오래인 집에
목련이 혼자 남아 꽃을 피웠다.

온 세상이 모두 아지랑이인 날
배고픈 식구들을 위해서
한 뼘짜리 마당에
대추나무도 감나무도 아니라
한 그루
꽃나무를 심은 사람도 있었구나.

(……)

(……)

저 집 아이들 지금쯤은 어디선가
어른으로 살아가며
나중에는 늙어가며
가끔씩 옛 생각
옛이야기 하다가는 이러겠지.

'그때 그

봄이면 목련꽃 피던 집…'

고단했던

아비와 어미가 남긴 선물

그만하면 넉넉하지 않겠나.

미나리폭포

춘천 가는 일도
왠지 호사스럽다 싶은 날이면
강촌역에서 내립니다
구곡폭포를 보고
깔딱고개를 넘어 옛날
화전민들 살았다는 문배마을 지나서
금세 깊어지는
산속 길을 걸어갑니다
외줄기 길이라서 혼자 갑니다.

한 굽이
또 한 굽이
슬쩍 무서워질 때쯤이면
지칠 때쯤이면
안내판이 하나 기다리고 있습니다
아차 싶어 돌아보면
미나리폭포는 거기 있습니다.

물이야 흘러도 그만

흐르지 않아도 그만

분명 거기 있습니다

무언가 미안하다는 듯이

모르고 지나가도 괜찮다는 듯이

늘 등 뒤에 있습니다

왜 미나리인지는

이젠 아무도 모른다 합니다.

살다가 살다가

어찌어찌 이 길을 따라와서

여기 서서

혹시 애개, 하고 웃으신다면

당신은 그래도

행복하게 지내온 사람입니다.

2부

나무 위에서 보는 풍경

나무 위에서 보는 풍경

살면서 한 번도
나무 위에 올라보지 못했다.

어떤 기분일까
무심한 듯 걸터앉아서 보면
길이나 사람이나
집이나 마을이나
이웃 나무나 먼 숲이나
뭐가 달라도 다르겠지
까마득히 들판을 가로질러
알지 못하는 곳에서
알지 못하는 곳으로 가는
그 파란 열차까지도 보이겠지.

(……)

(……)

벌써 알고 있었지만

기다리는 척하고 지냈지만

나는 아마도 영영

나무 위의 사람이 되지는 못하겠지

그저 나무와 나무 사이로

나무와 나무 아래로

가던 대로 가고

보던 대로 보고

틀림없이 끝까지 그럴 거야.

(……)

(……)

그래도 날마다 걸어가다가

가끔은 멈춰서서 중얼거리지

그거 참

올라가면 좋을 나무로구나

나무 위에서 보면

딱 좋을 풍경이로구나.

세한도

그래도
집을 그릴 수 있었구나

그래도
둥근 창까지 내고 싶었구나

지켜선 저 나무들
하나만도 아니었구나.

시인의 자리

납골당에도 지하층이 있고
구석진 17호실에
그의 마지막 자리가 있었다.

가족사진이 함께 있고
한 단지의 영혼을 지키라고
시집 두 권을 나란히 세워놓았다
도수 높은 듯한 안경이 접혀있고
그리 귀하지도
흔하지도 않은 볼펜 한 자루
이젠 지쳐서 누워있는데

수평선을 바라보다
마침내 다다른 곳
아직 기도할 일이 남았을까
한 줌
묵주는 이름처럼 말이 없고

가장 낮은 줄이라서
누구라도 허리를 굽히거나
엉거주춤
쪼그리고 앉아야 했다.

첫 한 줄

새벽 산길에서
나무와 나무 사이를 이어
머리 위를 가로지르는
거미줄 볼 때마다 궁금했다.

저 허공 중에
첫 한 줄은 어떻게 칠까
첫 줄만 쳐놓으면 그다음이야
얼기설기
어찌어찌 엮어갈 테지만….

아무리 생각해봐도
뭐 별 수 있겠나
제 몸에서 뽑은 그 실을 끌고
이쪽 나무에서 내려와
젖은 땅 위를 기어서
저쪽 나무로 올라갔겠지
죽을 둥 살 둥 끌어당겼겠지

이윽고 하늘로 올라가는
그 한 줄!

(……)

(……)

어느 날 TV 앞에 앉았다가
그만 알고 말았다
말하고 싶지 않다
믿지 않는다.

(……)

(……)

내 거미는 오늘 새벽도
제가 낳은 실을 이끌고
한 나무에서 내려와
온몸을 적시면서

한 나무에 올라간다
어쩔 수 없다.

살아온 힘을 다해
첫 한 줄을 끌어올린다
어쩔 수 없다.

종은 울지 않는다

종소리가 되지 못한다면
종으로 살고 싶었다
종은 울지 않는다.

새벽길을 혼자 걸어온 사람에게
잠시 몸을 맡길 뿐이다
참 오래도 사랑했다는
누군가를 깨우기 위해
어쩌면 재우기 위해
무겁게 치면 멀리 울리고
깊게 치면
오래오래 울릴 뿐이다.

누구라도
잠결에라도 문득
그 소리 들었으면 되었다
흰 발목 적셔가며
종을 찾아오지 말라.

그 사람 벌써 떠나고
날이 새면 그저
덩그러니 빈 그릇일 뿐
다음 새벽과
다음 사람을 기다릴 뿐
종은 울지 않는다.

종소리로 남지 못해도
종으로 남고 싶었다
종은 울지 않는다.

낙화

한 잎 작은 꽃이 지는 소리
그리도 커서
먼 별까지도 가는 모양이지만
뚝뚝 따라서 떨어지는
그런 별들도 있다지만
때로는 그
별들의 비가 내린다지만
봄이 다 가도록 손가락 꼽아가며
마지막 하나까지 지켜보았던
내 귀에는 들리지 않았다
끝내
나만 모르는 것일까?
다시 돌아올 꽃철들도
이제 많이는 남지 않았다.

지상의 새

하늘에는 양식이 없기에
새들도 땅 위에서는
보라
그냥 뒤뚱뒤뚱
밥버러지일 뿐이다
높이 올라간 새는
그만치 더 먼 길을
내려와야만 한다
더 오래 멀뚱멀뚱
서 있어야만 한다.

큰 새

큰 새일수록
대개는 혼자다.

큰 새일수록
하늘보다는 땅 위에 있다.

큰 새일수록
그 울음소리 들은 적 없다.

큰 새일수록
어두워지면 간 곳을 모른다.

길 · 1

모든 나무에
모든 잎이 지고도
몇몇 날의 바람
몇몇 날의 눈과 비
지날 만치 지나고 나니
숲속으로 저 길들
이제야 보인다
어쩌라고
어쩌라고
이제야 저리도 또렷하다니.

길 · 2

가야할 곳을
분명하게 아는 사람만이
길을 떠나는 것은 아니다.

어두운 곳에서
더 어두운 곳으로
가야만 할 때도 있다.

한 걸음에 두 걸음씩
갈수록 더 먼 길을
걸어야 하는 사람도 있다.

길·3

허위허위 산에 올라
더 깊은 산들 바라보면
큰 것은 얼마나 크고
먼 것은 또 얼마나 먼가
저 산과 산 사이로
숲과 숲 사이로
나무와 나무
풀덤불과 풀덤불 사이로
한 사람
또 한 사람 걸어가서
굽은 오솔길 하나 나기까지
백년이 가고
천년도 간다.

눈사람에게

펑펑 함박눈을 맞아가면서
꼭 한 번은 나도
내 키만 한 눈사람을 세우고 싶다
아무도 불러주지 않았을
이름 하나를 꾹꾹 뭉쳐서
그 가슴속에 넣어주고 싶다
보이지 않는 귀에 대고
들리지 않는 소리로 말해주고 싶다
모든 것이 다
물이 되지는 않는다고
흘러가버리지는 않는다고.

먼 꽃

이 봄에도 내게는
보이지 않아도 좋다.

그 꽃
피지 않았어도 좋다.

처음부터 거기에
있지 않아도 좋다.

3부

몇 줄짜리 인생

바람 속에서 노래하라

이제 아무도 없다 노래하라
바람은 또 누군가의 노랫소리
아무도 듣지 않는다 노래하라.

숨은 꽃

당신이나 나나
알지 못하고 지나칠 뿐
꽃은 숨어서 피지 않는다.

나도 들꽃

가면 어딜 가겠는가
지금 바람에 흔들리는
네 옆이 반 뼘만 비어있으면
거기가 내 자리다.

당신의 이름

누가 불러주지 않아도
꽃은 제 이름을 알고 있다.

눈물의 힘

눈물은
눈물로만 씻을 수 있다.

슬픔은
슬픔에게서만 잠이 든다.

여름 숲속에 죽은 나무가 서 있었다

선 채로 숯이 되기도 하는구나.

한 번
다 타버린 게 숯이라는데.

한 번
더 타는 게 숯이라는데.

피리

속이 비어있는 것들만이
피리가 된다더라.

바람이 지나가야
소리가 난다더라.

한 잎의 너

올가을도 또렷하네
저 물든 잎새들 속에서도
꼭
너 한 잎.

어둠의 소리 · 1

어둠이 두려운 까닭은
설레기도 하는 까닭은
우린 모두
어둠 속에서 왔기 때문이다
들어보라
저 부르는 소리.

어둠의 소리 · 2

나 불 밝히지 않으면

저 어둠도

그리 어둡진 않습니다.

밤을 본 지 오래되었다

별을 본 지 오래되었다고는
하지 않겠다
밤을 본 지 오래되었다
정말 오래되었다.

여름숲을 본다

어떤 것들은
영원하지 않아도
거짓말이라도 좋다
저 푸르름처럼.

너의 그 약속처럼.

뿌리

나무들의 뿌리는 한 번도
제가 키운
잎새와 꽃과 열매를
본 적이 없다.

그루터기

푸르고 붉은 날들로만
살아가는 것이 아니다
저 뿌리마저 다 썩어
고운 흙이 될 때까지
아무도 모르는
또 한 생애가 남아있다.

상처

온전히 푸른 잎은 있어도
온전히 붉은 잎은 없다.

저마다의 구멍
저마다의 얼룩

어제의 흉터 오늘의 상처
감추지 않은 잎새는 없다.

그래도 나무가 되었고
그래도 숲이 되었고
붉은 저 산이 되었다.

거대한 침묵

오백년 된 나무는
오백년을 나무로 살았다.

육백년 된 나무는
육백년을 저 자리에 있었다.

영혼

영혼이라고 다 홀홀이

허공 중에 떠다니지는 않겠지.

불빛 · 1
-밤의 귀로

저 먼 불빛들마다
한 사람이 있다.

불빛 · 2
-밤의 귀로

한 불빛이 지나가고
또 한 불빛이 지나가는
그 사이 어둠 속에도
어떤 사람이 있다.

여행 · 1

더도 말고
한 사흘만 되었으면 한다
떠나지 않아도 좋고
돌아가지 않아도 좋은 날이
하루만 있었으면 한다.

여행 · 2

나란히 앉을 수 있고
나란히 걸어갈 수 있는 이가
딱
반 사람이면 좋겠다.

다른 목소리로

혼자만
속으로만 얘기하기엔
너무 크고 높다
다른 목소리를 가지고 싶다
그래야 한다.

4부

그리움으로 살아간다

그리움으로 살아간다

어제에 살면 죽은 사람이라지만
어쩌겠는가
그리움은 오늘의 일이다.

흰 그리움과
검은 그리움 사이로 걸어가며
하루에 한 생애를 보내고도
남은 그리움과 나란히
그 그리움에 기대고서야
이 저녁을
돌아갈 수 있는 사람도 있다.

지금 이 길을
벌써부터 그리워하는
그런 사람도 있다.

옛집
-추억에서, 여남은 살 무렵

내게도 집이 있었다
봄이 오기 전에 떠난 아버지와
동이 트기 전에 나가야 하는
어머니가 있었다

내게도 꽃이 있었다
쪽마루 한구석에 빈 밥사발처럼
흙도 없는 화분이 언제부턴가
분명 무언가를 피워올리고
동그마니 앉아있었다.

남들보다 두 배는 긴
하루를 보내고
어김없이 저녁이 오면
언젠가는 사랑하게 될 사람들을
하나씩 하나씩
밤 깊도록 불러모아
밤 깊도록 들려주어야 하는

어둠 속의 말들이 있었다.

하루치 얘기가 동날 때쯤이면
막차가 오고 어머니가 오고
아버지는 오지 않았다
어머니 곁에 누워도
이미 꿈을 꾸고 난 뒤라서
쉽게는 잠들 수 없었다.

지친 어머니 돌아눕고
슬그머니 나서보면 아직도 빈 집
빈 쪽마루
푸른 달빛 젖은 화분에
어느새
푸른 꽃이 지고 있었다.

그 집을 떠날 때야 나는 울었다.

깃발

−추억에서, 여남은 살 무렵

주인집과 우리집 사이
마당을 가로지르는 긴 빨랫줄에
일요일도 없는 어머니는
아침 일찍 줄줄이
흰옷들을 널어놓고 나갔다
젖은 날개처럼 걸쳐졌던 것들이
초가을 바람에 나부끼는
눈부신 깃발이 될 때까지
마루에 엎드려 턱을 받치고
나는 바라보았다
온종일 바라보았다
소리 내어 웃고 싶기도 했고
눈물이 날 것 같기도 했다
무엇이 와도
오지 않아도
기다릴 수 있었다.

내 마음의 수평선
-추억에서, 열서너 살 무렵

섬에서 크는 아이들은
저마다 하나씩
남들은 알지 못하게
수평선을 바라보는 자리가 있다.

하늘도 바다도
다 어두운 날이면
깊이 숨겨놓았던 또 한 줄을
새로 긋기도 한다.

가까운 파도
먼 파도에 출렁이며
삐뚤빼뚤
잘되지는 않았지만

그런 날이 나는 더 좋았다.

들개의 꿈
-추억에서, 열일곱 살 무렵

아침마다 교무실에 불려가
어떤 날은 반성문을 써내고
어떤 날은 한 시간씩 무릎을 꿇고도
매를 맞고도
5교시 끝나면 학교 담장을 넘어
바람 부는 거리로 내려가면서
늘 내게 일러주었다.

들개가 집개보다 아름답다고
들개의 뼈는 희지 않고
푸른 빛이라고
들개는 들개라서
세상 어느 길도 갈 수 있다고.

다만 혼자일 뿐이라고.

아버지
-추억에서, 열일곱 살

퇴학당할 수도 있다는 전갈에
아버지는 처음으로
내가 다니는 학교에 다녀갔다
마작 친구도 있는 교무실에서
기세등등한 담임선생을 만나
무슨 얘기를 나눴는지
나는 몰랐다.

내게는 낯선 오후 세 시의 학교
교문 앞까지 나란히 걸어간 뒤
아버지는 하하하 웃으면서
내 어깨를 두들겼다.

'이놈아, 아무리 그래도
무단조퇴가 백이십몇 번이라는 게 말이 되냐?'

그 한 마디뿐
아버지는 당신의 거리로 내려갔다

그 뒷모습 바라보며

한 오대 빵 정도로

뭔가 크게 진 듯한 기분이었다.

그다음 날도 나는 담을 넘었다.

내일이 지나간다
-추억에서, 열일곱 살

내일이 지나간다

백년 뒤에 내릴 비가

앞서가는 이의 어깨를 적시고

살아보지 못한 날들의 추억

아직 오지 않은 사랑이

남겨놓은 상처

뜨기도 전에 떨어져

젖은 별들을 밟고 가며

나는 소망한다

언젠가는 나도

소년이 되리라.

그 해 10월
-추억에서, 1979년

밤늦은 대구 고속터미널에서
부산 가는 신혼부부를 세워놓고
위에서 아래로 주먹을 휘두르며
취한 목소리로 고래고래
하늘천지 땅천지 젊음의 천지
어쩌자고 학교응원가를 부를 때도
나는 뒤에서 웃기만 했다.

맥주가 서울의 반값이라며
대구백화점 앞 어느 술집에서
테이블 가득 빈 병을 늘어놓으면서도
다른 생각만 했다
석사논문을 뒤로 미루고
또 신춘문예를 준비하는 게
잘하는 일일까
금테안경 평론가의 말씀처럼
남북통일이 되기 전엔 어디에도
발표하지 못할 글을 쓰는 게

과연 잘하는 짓일까.

통금시간이 다 되어서
골목 안 한옥여관을 찾아들어가니
방이 다 찼다 나가라
가긴 이 시간에 어딜 가느냐
웃돈을 받고 안방을 내주면서
주인은 엄포를 놨다
뭐든 이상이 있으면 두 배 변상이다
둘은 취했다며 잠을 청하고
둘은 사 들고 온 소주를 마시는데
나는 누워서 천장만 바라보았다
형광등에 가을모기가 붙어있었다
죽은 놈일까 죽은 척하는 걸까.

말없이 둘이서 잘도 마시더니
하나가 불쑥 입을 열었다
긴급조치 9호에 걸려 도망다니다가

감옥에 간 후배 얘기였다
형, 내가 나쁜 놈이요
우리 숙이가 자취방까지 와서
면회 가라고 5천 원 줬는데
술도 먹고 다 써버렸다?
이런 놈이야아 내가….

그 거짓말 아닌 거짓말이
술버릇이란 걸 나는 알았지만
듣고 있던 쪽이 갑자기
허엉허엉 목놓아 울기 시작했다
할 말을 다 한 놈은 앉은 채로
뱃속에 든 것들을 게워내고 있었다
허엉허엉 우웩우웩
우웩우웩 허엉허엉….

에이 씨발, 일어나야 했다
어쩌겠는가

양말 다섯 켤레를 다 끌어모아
토한 것들을 걸레질해서
검은 자개장롱 아래로 밀어넣었다
이제 좀 잡시다, 응?

완전범죄로 여관을 나와
백화점 앞에서 열 시까지 기다렸다가
첫손님으로 들어가 양말을 사 신고
대학원생 둘 선생 하나
회사원 둘은 고속버스에 올랐다
다들 말이 없었다
더 남쪽 부산 마산에선
지금 난리도 아니라는데
학위논문을 신춘문예를 출근을 위해
서울로 가는 버스는
막히지도 않고 잘만 달렸다.

며칠 후에 대통령이 총을 맞았다

보낸 사람 없고

내용물도 모르는 큰 소포꾸러미를

덜컥 받은 것 같았다

내 몫은 분명 아니었다.

밤의 연병장
-추억에서, 1982년 1월

글이라도 써보겠다고
책이라도 읽어야 한다고
자정에서 네 시까지
말뚝 상황병을 자원했지만
겨울 깊어가도록
이도 저도 잘되지 않아서
뿌옇게 김 서린 참모부 유리창을
닦아내고 또 닦아내며
어두운 연병장만 바라보았다.

무슨 일이 있겠는가
석유난로는 화력 좋게 타오르고
주번사령 김 대위는
야전침대에서 코를 곤다
주번부관 3중대 박 하사는
부시럭거리며 보름달 빵을 꺼내먹고
모포 한 장 뒤집어쓰고 나올
말번 상황병은 고참이라

오늘도 10분쯤 늦을 것이다.

새벽 네 시
검은 바다 위에 떠서 가듯
새벽근무 취사병이 혼자 내려간다
통신대 교환병도 내려간다
문득 바람이 부는지
종일 제설작업으로도 치우지 못한
구석구석 잔설들이 날아오른다
문을 열자.

무슨 일이 있겠는가
5공화국의 밤은 깊고도 조용하다
내가 없어도
신춘문예 당선자는 줄줄이 나오고
선생님은 명예교수가 되고
광주에서 죽은 이들을 헤아리다가
선배후배들은 쫓겨다니고

내가 없어도
학교 앞 단골집 작은엄마는
스탠드바를 열었다던가
또 닫았다던가.

여기야 무슨 일이 있겠는가만
보름 전 사단본부대 일병 하나는
헤어지자는 애인 편지를 까봤다고
내무반에서 낭독을 해버렸다고
두 놈을 쏴 죽이고 탈영했다가
서울 방향 야산에서 포위되어
하루낮 하룻밤을
버티다가 아침해 뜰 무렵
M16 총부리를 입에 물었다더라.

그것만일 리가 없다고
다른 무언가가 있다고
병들은 쉬쉬하며 쑤근거리고

간부들은 잘 끝났다고
그만하길 다행이라고 입을 모았지만
나는 지금도 궁금하다
춥고 어두운 밤을 견뎌내고 왜
밝아오는 아침에야 그랬을까
마지막 본 것은 무엇일까.

하지만 그도 그뿐
글이 되지 않아도
책이 읽히지 않아도
광주를 모르고
죽은 탈영병의 마음을 알지 못해도
국방부 시계는 돌아가고
취사장 새벽근무자는 내 동기
라면에 소주까지 챙기고 있겠지?

끝없는 침묵의 연병장에 희끗희끗
오늘의 눈발이 날리기 시작하는데

등 뒤로 문을 닫고
아침이 올 때까지 혼자 서서
하얗게 눈사람이 되어본다고
무슨 일이 있겠는가.

아침의 망명
-추억에서, 1987년 6월

오늘도 흰 벽 앞에서
검게 눈을 가린 사내가
총에 맞는 꿈을 꾸었다
붉은 피
비명도 없이.

손에 딱 맞는
작은 돌멩이 하나 주워들고
아침 파아란 산에 올라
외딴 바위 위에서
누런 먼지의 세상을 멀리
나는 바라보았다.

무엇이 가고
무엇이 오려는가
가는 것을 믿지 않았듯이
오는 것도 믿을 수 없었다.

내 손을 떠난 돌은

후두둑

한 그루 푸른 나무의 잠을 깨우고

젖은 새처럼

아직 어두운 숲속으로 떨어졌다.

물 위에 쓰다
-추억에서, 예순 즈음에

여윈 새벽강을 사이에 두고
큰 나무 아래 한 사람이
한껏
몸을 어둡게 하고 앉아있었다
여울 물소리 위로 바람이 지나가고
그쪽 길도
그쯤에서 끝난 것 같았다.

언젠가
지나간 날들의 먼 강가에서
안개를 헤치고 내려가
한 마디
또 한 마디
물 위에 써놓았던 말들을
찾아서 온 것 같았다
찾지 못한 것 같았다.

그런 사람은

언제까지 앉아있다가
어떻게 걸어가는 것일까.

기다려도 일어나지 않아서
내가 먼저 돌아서야 했다
날이 밝기 전에
그 사람은 갈 곳으로 갔을까
나는 아직 거기 서 있다.

5부

어두워질 때까지—희망

어두워질 때까지

다음
또 다음 생에 헤어질
애인이 사는 마을 쪽에서
저녁바람이 불어온다.

그 사람을 위해
백년 전에 맺힌 꽃망울에
천년 뒤에 내릴 새벽 소나기
아직은
먼 구름 속에 있다.

서성일 것 없다
울먹일 일 없다
팔짱을 끼고
어두워질 때까지 내내
혼자 앉아있어도 된다.

보라

어제 그 해가

오늘도 넘어간다.

외딴 성당에서

떠날 사람은 떠나고
남은 사람들은 기도하고
앉을 자리도
설 자리도 찾을 수 없어
문을 나서면
찬송가 멀리 들으며
울 밖 잣나무는 사철 푸르고

하늘 아래 한 바퀴 돌고
땅 위를 한 바퀴 돌고
여전히 멈춰설 곳은 없는데
종소리 그친 후
보이는 것과
보이지 않는 것들 사이로
올가을의 첫 낙엽이 지는
단풍나무길

(……)

(……)

이제는 다만
그와 함께 걸어주소서
지친 어깨로 고적하게
먼 그곳에 닿는 이들마다
더는 혼자
서성이지 말게 하소서
그 게 무엇이든 다시는
그리워하지도
기다리지도 않게 하소서

그것만이 여기서
그들의 일이었나이다.

어머니 전화

한밤중에
어머니가 전화를 걸어오셨다
어두운 거실로 나가 받았는데
오래도록 말씀 없으셨다
도리상 재촉 못하고 기다리다
문득 깨달았다
여긴 제주도 옛집
손잡이를 돌리면 교환원이 나오는
검은색 옛날 전화기
어머니 돌아가신 지 4년
이것은 꿈….

그래도 도리상 기다리고 있으니
이윽고 물으셨다
'오늘이 메칠고?'
선뜻 대답하기 어려웠다
짧지는 않은 시간이 흐른 뒤에
다시 물으셨다

'또 전화해도 되커냐?'
'예…'

먼 전화 끊어지고
한참토록 도리상
검은 수화기 내려놓지 못했다
그리 쉽게는 깨어날 수 없었다.

(……)

(……)

불을 켜고 일어나 달력을 살피니
다행히 별다른 날은 아니었지만
곰곰 생각해봤는데
요양원 가시기 전
어머니 누워지냈던 마지막 방에
달력을 걸어드렸던가
기억이 잘 나지 않았다.

걸어드렸다 치고
그 달력 보는 어머니 마음은
어땠을까
걸지 않았다면
휑하니 빈 벽을 보는 마음은
어땠을까.

(……)

(……)

오늘도 그 전화 기다려진다고
도리상 말하고 싶지만
그 옛날 전화벨 소리
솔직히 뜨끔할 것 같다
어머니는 또 물으실까?

'오늘이 메칠고?'

- 메칠고 : '며칠이냐?'라는 제주 사투리

- 되커냐 : '되겠니?'라는 제주 사투리

고독 · 1

혼자 버려져
길 모르는 개는 짖지 않는다.

저처럼 홀로 지나는 이를
그윽한 눈빛으로 바라본다.

'참, 너도…'

내가 저 보듯
저도 날 보는 거겠지?

열이면 열 번
내가 먼저 눈을 돌린다.

고독 · 2

두 마리가 다닐 때는
물론 그렇지 않지만
세 마리만 되어도
꼭
둘은 나란히 가고
한 놈은 뒤에 남는다
멀게는 먼 산이거나
가까이는 길 건너편을
멍하니 바라보다가
엉뚱한 나무에 대고
혼자 킁킁거리다가
아뿔싸
허덕거리며 뒤를 쫓아간다.

고독 · 3

몇 해 동안
하루에도 서너 번씩 맴돌던
그 호수공원엔
공중전화가 여섯 군데 있었네.

한울광장 오른쪽
회화나무광장 맞은편
노래하는 분수대 한구석
선인장전시관 옆 놀이터
폭포광장 화장실 옆
정문 종합안내소 옆.

한 바퀴 돌 때마다
그렇게 있었네
한 바퀴 더 돌아도
그렇게 있었네.

그리운 빙하

빙하는 움직이지 않는 것 같아도
사람 손톱이 자라는 속도로
흘러간다고 하더라만
그때 내 마음이 아니라
분명
몸 안의 그 얼음덩어리는
깊은 바닥
그 바닥의 바닥에 들어앉아
꿈쩍도 하지 않았는데
마치 물처럼
흐르는 소리는 어쩐 일이었을까.

(……)

(……)

어디서 빌린 것처럼 봄이 오고
낯선 여름이 와서
장미꽃밭 한쪽에 오후 내내 앉아

꾸덕꾸덕 아무리 몸을 말려도

아직 그 뿌리

녹지 않은 것 같아

녹지 않을 것 같아.

또 가을

어느새 겨울

긴 그림자 무겁게 이끌고

인적 없는 길 찾아가서

서성거리고 서성거려야만

내 철이고

내 날들일 것 같아.

(⋯⋯)

(⋯⋯)

켜켜이 내 빙하

흐르지도 않으면서 흐르는 소리

아무도 모르게 숨죽이고
손톱만큼씩 커가는 소리
반갑고
정겨울 것 같다니까?

눈이 내린다

잊었느냐
정말 잊어버렸느냐고
눈이 내린다.

천년을 가도 닿지 못할
별과 별 사이에
섬과 섬 사이
길과 길 사이
불빛과 불빛 사이
긴 침묵과 침묵 사이에
눈이 내린다.

용서하라
용서해야 한다고
이리도 눈이 내린다.

저녁숲에 바람 그친 뒤에도

집이 있는 사람들은 다 돌아가고
한 바퀴 더 걸어보는 에움길
아까는 보이지도 않던
한구석 저 나무에
저 가지 하나
저 작은 잎새들 한 줄
저 한 잎
파르르
파르르르
온몸을 다해 떨고 있다
당신들에겐 조용했던
하루가 지나가고
저녁숲에 바람 그친 뒤에도.

죽은 뒤에도

오랜만에 옛 선배의 묘를 찾아갔더니
그 선산을
중장비로 파헤치고 있었다
이리저리 연결해서 미망인 형수와
이십몇 년만에 통화를 했는데
문중에서 산을 팔았다고
공원묘지로 옮겼다고 했다.

죽은 사람의 새 주소를 받아적었다.

늘 호젓하던 후배 10주기라고
어느 시립공원묘지에 혼자 갔는데
납골당 그 유골단지에
그 부인 이름까지 씌어있었다
4년 전에 세상 떴다 적어놓았다
사진도 독사진에서
신혼여행 부부사진으로 바뀌었다.

지금도 저렇게들 웃고 있을까?

(……)

(……)

죽은 뒤에도 사람들은 살아간다
이사도 다니고
늦게 온 사람과 만나기도 하고
밀린 이야기도 나누겠지
우두커니 그 앞에 서 있다가
돌아서는 등 뒤에 대고
나직하게 물어보기도 한다.

괜찮으냐고
보이지 않는 삶보다
눈에 보이는 삶이 더
춥고 적막한 건 아니냐고
살아있는 사람들끼리는

차마 하지 못할 말이 있어서

오늘도 다녀가는 게 아니냐고.

왜 그냥 가느냐고.

너 하나

나무 한 그루만 서 있어도
어떤 사람에겐 숲이 된다.

이름 모를 작은 별을
하나만 찾아내도
밤하늘은 별하늘

하나
하나
하나 하고
새벽까지 헤아리는 사람도 있다.

너 하나뿐이라도
너는 혼자가 아니다.

제주해협 진눈깨비

겨울 어느 날
목포항이나 부산항 옛 부두에서
삼화호
황영호
제주호
이리호
가야호
도라지호
안성호
아리랑호
옛날 연락선으로 돌아가고 싶다.

(······)

(······)

가도가도 진눈깨비
가도가도 한라산
저 산은 어쩌면

큰 봉분이 아닐까
그래서 큰절 올린다.

'바람으로 나서
바람으로 살아
뼛속 깊이 바람 든 몸
이제 더는 사랑이 없이도
꿈이 없이도 그럭저럭
살아갈 만 하옵니다
용서하지 마옵소서
용서하지 마옵소서.'

온 바다를 다 떠서
술 한 잔 올린다
가도가도 한라산
가도가도 진눈깨비.

(……)

(……)

흐리고 곳에 따라 눈 내리고
내일은 더 추울 거라는 어느 날
완행열차에서 내려
3등실 표를 끊고
옛날처럼 돌아가고 싶다.

대답 없는 시

걸어올 만큼 걸어와
저물 만치 저물었으니
이제 말해보라
누가 누구이고
무엇이 무엇이란 말인가.

하늘에 남은 것은
죽은 이들의 이름뿐.

보이지 않는 길을 따라
밤열차는 지나가고
어딘지 모를 역에 서서
나는 두 손을 든다.

미안하다
누구도 그 무엇도
사랑하지 않았다.

희망

마치 처음인 것처럼
목련은 다시 피려는구나
벌써부터
허공에 대고 소리치는
저 어린 주먹들을 보라
눈에서 눈으로
온 세상에 꽃 소문이 퍼지기 전에
더께더께
무거워진 겨울옷을 벗기 전에
작아도 꼭
해야 할 일이 남은 것 같다
무언가 아주 오랜
약속을 잊은 것만 같다.